歌集

ひかりのごとき

志野暁子

角川書店

ひかりのごとき　目次

I

装幀　南　一夫

歌集　ひかりのごとき

志野暁子

I

ひかりこぼるるやうに

トレンド色着て脱いで着てつづまりは夫の好むセーターを着て逢ひにゆく

夫病むはかなしきものを　十年《ととせ》過ぎぬ麻痺の手握れど握りかへさず

息かけて磨けるごとき秋の空　麻痺の君の手いつも冷たい

今日はじめて夫が笑へりその口よりひかりこぼるるやうにふ、ふ、ふ

秋の日の鈴振るごとくふる日ざし　車椅子の夫今日よく笑ふ

輪投げ積み木幼に戻り夫と遊ぶ九十六歳夫のうまれ日

風おちし夜の竹群さやぎつつ根方に暗く曼珠沙華咲く

さくら落ち葉踏みゆく足裏《あうら》ここちよし待たれてをりぬ介護者われは

撓むまで花溢れ咲く山茶花の根方が支ふる重量おもふ

〈もういいよ〉誰か言ひけむ山茶花のくれなゐ昼をとめどなく散る

花散りて脱皮せしごとき山茶花の今朝は晶《すず》しき葉音たてをり

木に木霊《こだま》　文字に文字霊　人にこころ　うつつに見えぬもの通ひあふ

風花舞ふ夕べの電話雷のごとく夫の容態急変を言ふ

心しづめ容態聞きつつ幾度目かの入院馴れたる支度とものふ

「自分の親にしたくない処置はしませんよ」医師の言葉にわれはうなづく

時ここに留まると思ふ長き夜のやうやく白《しら》み小さき地震《なゐ》過ぐ

さよならは別れのきはに言ふ言葉　病むひとに今日は「また明日ね　きつと」

明日を

草踏めば草原に湧くしじみ蝶撒かれしごとく散りぼふごとし

あるときは鳥、魚、あるいは舟となる　雲のかたちはひとを想へと

一日《ひとひ》生きて一日分積む夫とわれの時間　この世を水仙匂ふ

水仙の白夕闇に昏れのこり麻痺進行する夫を思へり

長病みの夫の笑ひのふ、ふ、ふ、今日は半泣きのへ、へ、へ、になりぬ

生死《しやうじ》あるひとのあはれにかかはらず雲ながれをり　夫退院す

「君の手はあたたかいね」と夫が言ふ　一昨日《をとつひ》も昨日《きそ》も言へり　明日《あした》も言はむ

病むひとに待たれてをりぬ　今日は亡姑《はは》に変はる手となり痛み宥《なだ》めむ

文字見つつ身内のごとく思ひ親し　山慈姑《かたくり》ゆり科　慈姑《くわゐ》おもだか科

さくら、うめ、つばき、ゆり、ばら、引き際を選ばば跡なきサフランぞよき

感情がこころを占めてゐる夕べ綻ぶやうに囀り聞こゆ

病むひとのこころ閉ざす日かたはらに添ひつつわれもわれを出で得ず

配膳の食器触れあふ昼の音に紛れず聞こゆ老いのつぶやき

月さして片側ひかる若竹の内に伸びゆく力思へり

三万本の黄色コスモスそよぐなり歩いても歩いても花の瞳《め》のなか

〈ことば〉とはひとの想ひの結晶とふ　日日病む夫の言ふ「ありがたう」

はじめありてかならず終りのあることの　逢ひて別るるひとの世もまた

日かげりて花びら閉づるクロッカス花語に訳さば〈あした　またね〉

ふりむけばいつまでも麻痺の手をふれり　夫よ必ず明日を生きむ

堅香子《かたかご》のはな

一本に一輪さびしく賑はへる山慈姑《かたくり》のなだり　雲の影ゆく

一輪づつ咲けば満開　山慈姑のなだりさざめく花のこゑする

堅香子のなだりを見下ろす馬頭観音ここ過ぎにけむ馬も旅人も

夕光《かげ》に堅香子ふるへつつ咲けり　夫の手にふるふ匙ひとつある

一心に掬ひ一心に呑みこめり　少しこぼれて白粥にほふ

一心に掬ひてのみこむ白粥のぽとりこぼれてふたりで笑ふ

二時間の昼餉終へたる夫の頭《づ》を撫でをり　泪を見せてはならぬ

病むひとのかたへに禱《いの》る　話す　笑ふ　この世の外のこの世の時間

病みつぎし夫の十年　病むまへの力ある掌を子らは記憶す

乙女椿の花群出て入る雀のこゑ　今朝変りたり春告ぐるこゑ

夫が先と決まりてはをらず　堅香子の一本にひとつ咲《ひら》くむらさき

いつといつと畏れゐる日にこころ向く　さくらしき降る最中《もなか》に佇《た》てり

折れ曲がるわが影踏みて螺旋《らせん》階段のぼれり　朝顔の蔓《つる》のこころに

麻痺の掌にうけてよろこび声あぐる夫に散りつぐ花弁《びら》の雨

「また明日ね」指切りをして帰りきぬ　ひとりづつでも生きてはゆける

いつの日か夫と歩まむと持ちてゐるパリの絵地図も古《ふ》りて手擦れぬ

篝《かがり》火《び》草《さう》

麻痺やがて嚥下におよぶをおそれつつ夫に運ぶひと匙ひと匙は祈り

息つめて見守るなかを一椀のおもゆは夫ののどを通りぬ

たかが一匙されど一匙　おとうとも母も誤嚥性肺炎に逝きぬ

母乳《ちち》飲みてはじまるいのち　最期《いまは》また嚥下が生死《しやうじ》にかかはるあはれ

泪の粒ほどのクリーム髭剃りあとに塗りてひさびさの面会終る

濡れたままのズック穿きゐる心地する　病む人をなだめて帰るゆふぐれ

かたはらに夫の在らざるに慣れてゆく慣るるるといふわがこころを怖る

少しづつ軋みはじめしうつしみをなだめなだめて眠らむとせり

年々の花観るおもひ重ねきて今年ばかりと思ふ花を待つ

春の雪のせて撓める牡丹ざくら理不尽の景と思へどうつくし

離り住みて一年経ちぬ　病む夫をつねに思へば生きてはゆける

咲き継ぎて篝火草なほ紅ふかし　志野暁子われはこの世にひとり

今日の青葉

山慈姑《かたくり》は地《つち》よりの手紙　いつぽんに一輪咲《ひら》くひかり鮮らし

自宅介護のはじめに言はれき「もう一度子育てですね。相手は二歳」

病むひとのいのち支へよ　球根といふ未来を百個庭に埋めぬ

洗ひもののリュックに背負ふ　昨日《きそ》の若葉今日の青葉に変りゐる坂

指少し動く麻痺の手をさすりゐつ　ただそれだけのふたりの時間

小さき匙持ちしまま夫は居眠れり　長寿眉その眉を見てゐつ

雨に散るのうぜんかづら介護ながき労りより今日ははげましが欲し

糖尿　心筋梗塞　認知症　骨盤骨折　腎盂炎　進行性核上麻痺　夫のカルテに

木の葉笛

ふるさとの忘れ難きひとつ　灯りを消して蛍放てる蚊帳に眠りし

捕りし蛍蚊帳に放ちて眠りたり父母在り幼き弟妹《はらから》もゐき

いづく行きても水音する村　男の子ならばと父に言はれて育ちき

セーターをほどき一夜に編み直す母の手を神の手と思ひたり

村ざかひの小さき土橋の橋裏に蛇の巣ありき　目が光りゐき

蛇の巣の蛇を見しより村ざかひ越えて母の里へ行かれずなりぬ

出水してかけ替はりたり橋裏に蛇の巣ありし村の土橋は

日除けして石屋の軒に翳ふかし　墓石になる石菩薩になる石

粉にまみれ鑿《のみ》もて地蔵尊彫る男水うてば水に石はにほへり

花を葉を髪に挿頭《かざ》してあそぶ子ら草 冠《くさかんむり》の文字になりゆく

幼と吹く麦笛草笛木の葉笛亡父《ちち》在りし日を問はず語りす

小屋の梁にながく棲みゐし縞蛇を見かけずなりぬ　いづく行きけむ

風ふけば雨しづくこぼす彼岸花ふるさとはもう誰もをらざる

病める子を祈りて供ふる野ざらしの身代り地蔵のさまざまな顔

亡き父が造りし池にゼリーいろの蛙のたまご満ちゐる頃か

「帰りたい」最期《いまは》のときまで父の恋ひし家を壊つなり　赦させたまへ

父母の家手放して去る　一面にわかめ干したるふるさとの浜

「すみれの間《ま》」

余白と思ふ時を生きをり　夫はただわれのためわれは病む夫のため

病む夫をもつゆゑ介護者と呼ばれをり　やがて亡き夫をもつと言はれむ

「君の手はあつたかいね」と夫が言へり　われの涙を見しかと思ふ

鉄塔の高きよりまつすぐ落ちてくる声あり　声にも重力あらむ

鉛色の霜月の雨　運ばるる入院の荷のなかの病む夫

麻痺の手をさすりつつわらべ唄歌ふ　むかしむかしよ　子を盗《と》ろ子とろ

ひと日もの言はざる夫と思ひ出のなかによろこび探してをりぬ

病むひとの熱下がりしかオセロゲームの黒いつせいに裏返りたり

退院を我が家《や》に帰るごとよろこべる夫と乾杯　ポットの麦湯に

「お帰り　お帰り　お帰り」声かけられて退院の夫は特養のひとに戻りぬ

いのちありてもとの「すみれの間」に戻りたり　あつき涙はわきくるものを

水のかたち

湧きいづる水のかたちに砂うごく〈湧水源〉と碑のあるところ

湧水に初夏の陽さして水底《みなそこ》の影より黝《くろ》く鯉が泳げり

泉湧く晶《すず》しき音につつまれて天地《あめつち》にいま独りわれあり

同心円創る楽しさおもふなり　水の輪の芯のあめんぼひとつ

石に手をあてて聴きをり天地《あめつち》にひびきて泉の湧きいづる音

地底出て光り浴みたるよろこびを唱ふるがごとく石走《いは》る水

湧泉の水沫《みなわ》も水皺《みしわ》もきらきらと虹の破片を運びて流る

呼べば「ああ」と応ふるひとあり白髪《しらかみ》のひかりのごときを掌に承けて切る

小鳥のやうに

小鳥のやうにのみど反らして飲みこめり点滴二十日後はじめての水

もの食みて飲みこむといふ当りまへ　あたりまへにはならぬときある

誤嚥といふ語のなんといふ言ひにくさ食後のほうじ茶のどに沁みいる

天寿とは何歳を言ふ　九十六歳をもういいよとは誰も思はず

夫婦なりし二万四千日終りちかき一日ひと日をたまものとして

ひと冬を病むひとの辺に咲き継ぎし篝火草《かがりびさう》を土におろしぬ

三月の霰《あられ》は木琴のトレモロを思はせて降る石蕗《つはぶき》の葉に

雪かづくさくらに呼ばるる思ひとも　とほく病むひとの呼ばふこゑとも

今日のこころかたちに出てウィンドウに映るわが影腰折れてゐる

耳もとに〈有難う〉と言へば頷きぬ　ひとつだけ夫に通じることば

去るは追はず来るは拒まぬとき過ぎてめぐりこゑなく去るものばかり

内視鏡

いま散りしひと葉が影を先立てて風に舞ひつつ地に届くまで

内視鏡が探るうつしみの洞ふかく手づくりの独楽廻るまぼろし

内視鏡が明るく映す胃の襞を見てをり小惑星の画像思ひて

使ひ古《ふり》し臓物傷み少しあれど癌は無しといふ所見のことば

検査終へて珈琲うまし　父も弟妹も癌に逝きたるなれば

梅雨晴れのひかり眩し音読の子の透るこゑ亡き曽祖母《ひいばば》に似る

蝗《いなご》を食べ飛蝗《ばつた》は食べない理由《わけ》を問ふこの子にこの世は不可思議溢る

大縄とびまはせよまはせ跳ぶ子らの影が生まれて生まれて消えて

水より火、雲より土、冬より夏が好き、われに不可解のわれが棲むなり

水を飲む麒麟を見てをり膝を折らぬ錐形の脚ずずとひらく

後ろには跳ぶことのなきカンガルー白き腹見せて日向に眠る

車椅子つらねて「志功展」観めぐりぬ誰もだれもふかく息つきながら

ただ一度見かけし志功すれ違ひに火の香を纏ふ人と思ひき

風化はこころ　老化はからだにあらはれむ　むかしに変はらぬ松風の音

麻痺の手の爪伸びたるを摘みてをり　亡き母のこと語らひながら

寝たきりの夫の麻痺の手抱卵のごとく両手につつむ　眠るまで

嫁ぎたる日より別れははじまりぬ　紫陽花の花日々に色づく

別れぎはのさびしい顔が眼に残り踏む水溜りの雲を見てをり

明日会ふための今日のさよなら　もう一度指切りをして笑顔のままで

麻痺の手

いづくよりいのちは来たる　大賀蓮の紅《くれなゐ》撮りつつこころ虔《つつ》しむ

生まれたての赤蜻蛉の翅湖《うみ》岸のひかりの粒となりて吹かるる

風のむき変り噴水のしぶき浴む雷とほく鳴りゐる日ぐれ

初ものの白桃持ち夫に逢ひにゆく二人にこの世の時間まだある

聾《みみしひ》し耳に口よせ一語づつ息をふきこむやうに〈お、は、や、う〉

さすりつつ核のごときが掌に残る握りかへさぬ麻痺の夫の手

予想気温とわれの体温ほぼ同じ〈ごめんね　今日は面会休みます〉

飲み残しのポットの泡が夜を匂ふ体温と気温が同じだつた日

答へずとも応へずともよし生きてあれば触れて温《ぬく》もりもてる夫の掌

受話器持ちて「電話したいけどみんな死んだ」泣きゐし母の齢に近づく

寂しいとこけし、人形、ぬひぐるみ、目のあるものを欲りたり母は

しまひ湯に膝抱きてをり　訪ねたき友も弟もこの世にあらぬ

眼のあるもの欲りたる母と歌をつくるわれの寂しさと同じかもしれぬ

ビル街に今日降る雨は香を持たず冷たき夫の手思ひ出て歩む

濃く淡く雨脚を線に描きわけたり　広重の雨　北斎の雨

山に野に人に降る雨こまやかに描きわけたり《五十三次》

山手線に乗りてふたまはり歌一首立ち上がるまで待つといふ友

詠はずば思ひ残して終らむか　こころ尽くして詠はむ　われも

眠つてしまふ

池の面《も》の夕空まだあをし影を置きて一番星のごとくあめんぼ

歌を詠まず過ぎし四十五年歌を作りて四十五年半ばとなりぬ

今日といふ日のため昨日《きそ》の夜がありて月下美人は咲《ひら》きて閉ぢぬ

おきどころ無ければ夫の胸におく　麻痺の手生まれしときのかたちに

覗くやうに薄目をあけてわれを見て赤児の表情《かは》に眠りゆきたり

眼をあけてわが声じいつと聞きながら眠つてしまふ九十七歳のひと

いついつとおそれつつひと日ひと日過ぎて木犀にほふ季《とき》とはなりぬ

敬老の日車椅子並めて百歳をこえし六人が拍手されをり

寝たきりの夫にかがまりて髪を切る後ろはいつもきり残しつつ

地に着きし落ち葉が居心地悪さうに風をとらへて裏返りたり

かをり濃き菊人形の花ごろも蜜蜂群るる羽音をまとふ

ただつらいだけだつたかも知れず介護2から5へ病み重なりし夫の十年

生まれたてのむぎわら蜻蛉《とんぼ》の翅に照る水にさすひかりと水面の返すひかりと

吹奏楽やりたい少女と天井桟敷に並びてトランペットの音追ひかける

いつせいに譜面めくられてオーケストラボックス一瞬音なき風過《よ》ぎりたり

木々は葉を落とし冬空晴れわたる今日を生きをり　明日も生きむ夫よ

ゐなくなる

〈征キテ還リシ〉いのちなりけり　ながらへて供花抱きゆく彼岸中日

夢に来て「おまへはいいなあ」と夫に言へり　〈征キテ〉大戦《いくさ》に果てたる友が

飴色の卒業写真に絣着て並ぶ子らの中夫もゐるなり

卒業写真の男児二十名うち十一名戦死せりけり　昭和の大戦《いくさ》に

戦死せし友の歳月　戦場より生きて帰りし夫の歳月

戦場に亡くせし一人ひとりに愛《め》ぐし子を亡くせし父母の悲しみありし

履歴書に兵役欄あり朱筆もて記せり　一行昭和十八年十一月

飴色の出征の日の軍装の写真思はぬ古本より出づ

注射痕いまに残れり野戦病院に死線さまよひ生きて帰りぬ

〈生キテ還レ〉願ひを掛けて母たちがひそかに踏みし石が残れり

おのが身に代へてと姑《はは》が踏みましし石が昔のまま片隅にあり

命かけて石踏みましし姑《はは》の願ひに生きて戦場より帰りきたりぬ

戦場より子が還りきて七年のち姑は六十のいのち終りぬ

入学し学徒動員特攻機の翼に張るとふ麻布《ぶ》織りゐし

布張りの飛行機もて戦ひ得るのかと誰も思ひき誰も言はざりき

校庭のさくらの下の英霊の碑　廃校となりいつしか失せぬ

ひと老いてこの世の秋をただ眠る　むかし身捨つる祖国がありき

この国にもうぢき誰もゐなくなる　この大戦《おほいくさ》を生きぬきし人が

昨日と違ふ

花解きて風花のごとく梅が散る　病みつぐ人への春のことぶれ

生まれたる日より老化は始まると気づかず過ぎぬ　九十年ほど

一本の棒に戻しし夫の杖　杖に戻りてわが脚となる

一時間毎日歩めと言ひ給ふ老医のことば無情なれど

歩くために歩く師走の町さむし　購《か》ひし焼き芋持ち重りつつ

傘立てに置くとき固き音たつる杖もちて杖をたびたび忘る

長く長く使ひし夫の握りぐせつきゐる杖に馴れてゆくなり

自らに号令かければ杖をつくリズムと足の揃ふ楽しさ

介護予防グループ老女十人の足指じゃんけん　歓声の中

老眼鏡とハズキルーペと虫眼鏡重ねて蚤《のみ》とふ文字を書きたり

〈背が伸びる〉と信じてをさなく往来の馬糞を友と踏みし日ありき

九十五歳の夫の動画を見てをりぬ　こんなに笑つてゐた日がありし

彼岸花と知る人のなし道の隅ほそきみどり葉茂りてさやぐ

眠り方忘れ夜半まだ覚めてをり外《と》の面《も》かそけき落ち葉の音す

亡き人に「ノート返して」と責めらるる夢より覚めて聞く冬の雨

鬼灯《ほほづき》を揉みて酸漿《ほほづき》作りたり　鳴らせばしばし幼にかへる

鬼灯を揉みて作りし酸漿を鳴らしてみせぬ　昭和の遊び

明日あれと夫に手をふる別れぎはのふかき思ひは言葉にならず

落ち葉の上落ち葉影おく道を行く　昨日と違ふわれになりたし

岩百合の花

生きてあらば母百八歳の生まれ日なり感染《コロナ》情報画面を走る

〈ふるさと〉と〈母〉を類語と思ひをり　母ひとりながく家を守れる

われに母　その母に生母《はは》と養母《はは》とありてつむぎしいのちの裔にわが在り

数へ年三つで姉におぶはれて貰はれゆけり　海べの村へ

いのちつなぎ家を継ぐそのために三歳《みっつ》の幼は養女になりぬ

女学校の願書に〈養女〉と知りし日の十二歳《じふに》の少女のこころを思ふ

矢絣　袴　桃割れ結《ゆ》ひし女学生　子鹿のごとき写真残れり

母と娘《こ》のえにしに逢ひて七十一年母の墓処の岩百合の花

明日を待つ

新型肺炎《コロナ》ゆゑの面会禁止続くなり　白玉椿花のまま落つ

逢はぬままの別れもあらむ電話が鳴るたびにもしやと心は震ふ

半地下の茶房に見てをり夕暮れをゆきかふあまたの脚がもの言ふ

施設《ホーム》より写メール届く〈元気です〉再会の日を指折りて待つ

両肩《もろ》を抱《いだ》きブラウス脱ぐ瞬《とき》の背に翅のある錯覚楽し

明日が来ない

〈また明日《あした》〉約したままの面会禁止待てども待てども明日が来ない

夢に来て〈具合が悪い〉とぼそりと言へり夫の面会禁止が続く

感染《うつ》りてならず感染《うつ》してならず面会禁止続きさくらも若葉も過ぎぬ

感染《うつ》さぬため感染《うつ》らぬためめに今日も逢はざりき　雨あとの空蜘蛛の巣が耀《て》る

通るたび数ふるならひ門わきの鉄線今朝はむらさき五つ

コロナゆゑの面会禁止四ヶ月やうやく十分間の面会許可出づ

面会禁止とけてやうやく病む夫に明日は逢ふなり髭剃り持ちて

介護度5寝たままの夫に久に逢ふ　何を言はばそのこころに届く

十分《じつぷん》の面会時間応へずとも笑はずともよし　今を共に刻まむ

かすかなれど君生きてゐて息をする　懐かしき音に泪にじみくる

百三十日ぶりなりわれを見し夫がふつと安堵の笑みをうかべぬ

生まれ日の君の座に置く磨かれし日本棋院五段黒白《こくびゃく》の石

約しがたきまたの日約して帰るなり白あふれ咲く梔子のはな

介護されし君の十三年介護者なりしわれの十三年かけがへのなき

II

帰宅

ひと想へど逢へぬかなしみ　へだてつつ拡ごる野火のごとしコロナは

コロナゆゑの面会禁止七ヶ月Zoomの面会指折りて待つ

最期ゆゑゆるされてうから集ひたり　君を囲みて語りつくさむ

ふつと会話切れたる時鳴きいでし十月の法師蟬《せみ》共に聞きたり

「血圧がもう測れない」この世のどこか遠くでする声を眩暈して聞く

いつか来る〈さよなら〉言ふはこの時間《とき》か耳に口寄せて言ふ〈ありがたう〉

うつし世の最期の息を共に吸ふ九十七歳ほほゑむごとし

ゆつくりと聴診器置く医師のこゑ「十月四日午前十時五十三分」

枯るるごとく飲食《おんじき》かそけくなりゆきて苦なく痛《つう》なくしづかに逝きぬ

人の死も自然の摂理なればこそ老衰は苦なき理想の旅立ち

難病と数多の基礎疾患《やまひ》に倒されず老衰に逝きしを医師は讃へぬ

自宅に十年　施設に三年　病名七つ解かれて身軽くなりたる君か

君死して身軽くわれに添ふごとし　今朝は君の好むキリマンジャロ淹れむ

在りしままの夫の文机の上に置く若き日の著書『理化学実験事典』一巻

君と住む土地を求めて駅ごとに西下し求めぬ武蔵小金井

〈おかへりなさい〉死してやうやく帰り来ぬ庭に炎《も》ゆるごと曼珠沙華咲く

ほほゑみて見上げてをらむ　壁に掲げし日本棋院五段の免状の額

探してもどこにもゐないがしみじみと君恋ひをればかたはらに在り

特大サイズ

再びは覚めざる眠りを告ぐるこゑ　異界のこゑのごとく聞きたり

温かみまだ残る大きな手を重ね人にも見られて泪落としぬ

この世の息吸ひをへていまだあたたかし　そのぬくもりを指は記憶す

まつぶさに人のをはりを見届けぬ　六十八年間妻と呼ばれて

介護されし十三年君は一度も愚痴を言はざりき〈有難う〉のみに

ふたりゐてひとり病みつぐ十三年終りぬ　音なく秋の雨降る

〈また明日ね〉君をうなづかせてひとり帰る数かぎりなき日ぐれ終りぬ

十三年短かしとも長かりしとも　介護を詠ふ歌終りたり

君のための挽歌詠みつついつしらにわが魂しづめとなりてゐるなり

終りなき死後の時間に入りし人に血糖値診る切創残る

塩辛蜻蛉手品のやうに軽く捕り家族の尊敬を集めたるひと

薔薇園に手を挙げて笑ふ君を撮りぬ　車椅子に乗る幸せな時間

〈敬老の日〉のお祝ひプリン「ああ　おいしい」蕾みほど口をあけて喜ぶ

帽子かけの特大サイズの夫の帽子　入れ忘れたり夫の柩に

夫病むは悲しかりしが十年過ぎて見送る嘆き言ふべくもなき

夜半覚めて眠るごとく夫の逝きたるを思ひかへしてわれも眠りぬ

ポピーのなかに

手を挙げてポピーのなかに笑つてゐるスナップを夫の遺影に選びぬ

家族葬なれば子と孫と口々に君を呼び「さよなら」言ひて送りぬ

帰りたかつたあなたのゐないあなたの部屋に息子に抱かれ帰り来りぬ

人は死して最後に聴覚が残るといふ耳聾《し》ひし夫は何を聞きしか

まこと心に人を育てし一生《ひとよ》ゆゑと淳育《じゆんいく》院とふ院号賜ひぬ

髪切り鋏　髭剃り　爪切り　鼻毛切り　入れし面会用リュックをしまふ

生きてあらば応へずともよしと思ひしが天上天下あなたがゐない

通るたび遺影にもの言へばひとつひとつ在りし日のごとくこゑ返りくる

固く閉づる瞼くちびる夫逝きてもう二度と来ない二人の時間

九十歳のわれのストレッチ眺めて遺影のひとはふふつと笑へり

リハビリに君が使ひし輪投げ積木幼子の手に玩具となりて

眼鏡かけて補聴器をしてその上をマスクが押さへて仮面のごとし

「虫」はまむし　「工」はつらぬく　天空をつらぬく大蛇を「虹」と書くなり

むかし虹は禍《まが》ごとなりしか　天空を貫く大蛇を「虹」と記せり

ひと逝きて遺《のこ》すもの遺したいもの捨てるもの迷ひてをれば秋の陽昏るる

白鳥帰る

庭に咲く菊を柩に入れむとす　小金井《こがね》に六十年共に住みたり

「鬢剃らうね」「うん」と答へて笑ひしが夫の最後の言葉となりぬ

好みたる紺のスーツで送りしがいつものハンカチ入れ忘れたり

少し泣き白く太き骨拾ひたり　九十七歳老衰に逝きぬ

微笑みを絶やさぬ人なり　別れとは二度とあなたに呼ばれざること

愛用のペンタックス《カメラ》に撮りしスナップにおひとりさまでわれは微笑む

さびしさは積まるるものか昨日より今日　今日より明日のさびしさ

旅好きの君と最後におとづれし瓢湖に白鳥今年も帰る

花散りて炎《ひ》のいろを積む金木犀大地よりなほ香りたちをり

悲しみは唐突に来る　かたづけに倦むとき珈琲淹れてゐるとき

明日あらば

九十七歳　夫の享年語るときひとみなやさしく微笑みてをり

「今日は本を読んでもらつた」亡きひとの日記に記されわが名残れり

〈また明日ね〉病むひとの明日とわれの言ふ明日《あした》と違ふ　いまに思へば

いつか来る日のために小さき墓を購《あがな》ひぬ三十年経て君を納むる

庭のさくら夫の遺影に供へつついのちあるもの飼はむと思ふ

マスクする非日常がいつか日常にて会はない工夫も日常となる

白くなりし髪ときて眠る　明日あらば春を幸《さきは》ふ歌をつくらむ

あかときの夢

〈岡野先生が文化勲章戴かれましたよ〉あの世の夫にまづ告げてをり

二歳違ひ　生きて戦場より戻り来し夫を労《ねぎら》ひ給ひけり　師は

『新古今』より『古今』が好きといふ少女と秋の水湧く野川を渉る

『古今集』語る少女と仰ぎをり　今宵月と並ぶ土星木星

冷えしるきクリスマスイブ前夜弟の訃報音なくメールにて来る

十四歳違ふ弟追憶にもアルバムにも影薄きさびしさ

六人姉弟が三人姉妹となり父母《ちちはは》もその父母《ちちはは》も淡くなりゆく

死者君の死後といふ時間　生きてわれの余命といふ時間　今日が暮れゆく

ふりむけば亡き夫をもつ友ばかり　それぞれに心に挽歌を蔵《しま》ふ

梟啼けば病みし日想ひ蟬鳴けば逝きし日思ふ　一周忌近し

われよりも三年《みとせ》早く寡婦になりし子が書棚の『隆明』ぬきてゆきたり

あかときのわが夢に来て走りをり　麻痺の手夫はさしのべながら

あかときの夢に来て言ふ「ありがたう」在りし日の夫と同じその声

湧水

〈また明日《あした》〉指切りする君はもう在らず　彼岸花の葉茂りてそよぐ

掌《て》をくぼめて掬へばぬくとし湧き水にひかり届くとき水は匂ふを

襞《ひだ》のやうに影を畳みつつ湧きいでて秋のひかりに濡れてゐる水

池の底を鯉の影ゆき水の面を蝶の影ゆく　秋の湧水《いづみ》に

ここからは秋の野川と呼ぶ水に湧き水混じる音の晶《すず》しさ

流れここに始まる　〝はけ〟の湧きみづが街の暗渠にそそぎ入る音

夢に来て遺影の人は走りをり　この世に残りしわれは歯を病む

杉木立

雲出《くもづ》川はじまるところひかり聚《あつ》め水のちからあつめ滝立ちあがる

ここに生まれし滝が水を率て大海に届く日思へ　広きかな　地は

まつすぐに天へ伸びたる杉木立薄日透きくる道続きをり

手入れ届き杉生美しき美杉町　師の生まれましし山ふかき郷《くに》

古事記の代　恋にいのち賭けて果てしとふ杉生の続く道ほの暗し

こゝろ持つごとく

かきつばた　菖蒲　アイリス　花あやめ　夫の好みし花咲き盛る

天寿とは何歳を言ふ　九十歳《ここのそぢ》　この世の初秋手をひかれ歩む

十八で母　四十二で祖母　五十五で寡婦　九十五で旅立ちぬ　母は

幼ふたり声あはせて呼ぶ〈ごはんだよ〉夕べ家族の時間のなかへ

向かひ家の障子を染むる夕茜《あかね》　昔の絵本のさし絵のやうな

園児らの「かえるの合唱」声はづむ〈くゎ くゎ くゎ〉も〈かかか〉も歯を見せながら

輪唱の「かえるの合唱」〈くゎ くゎ くゎ〉カ行の歌ごゑ楽しくはねる

思ひもかけぬ痛みとなりて救急車のサイレンの中に横たはりゐつ

痛み撫づるひとの掌《て》なんとあたたかき　こゝ持つごとくやさしきものを

救急車にて夫を病院に送りたる遠き日ありき　十五年経つ

四十雀の囀りはしやぼん玉思はする　とぎれて残像のごときが残る

雲

若き日は思はざりしをいまは恋ほし　祖父　父　弟　従弟　なべて亡きひと

桟橋に釣糸垂るる父と並び水平線に増す漁り火数へし

甲板に見てゐつ　翼持つ魚の群れてとぶとき海もりあがる

初夏の水平線を出で入りて翼もつ魚が海の面《も》をとぶ

水平線出で入りてとぶとびうをの　とびこむ角度とび出す角度

早く逃げるために翼を得しといふあごの翼の透きとほりたり

東ではとびうを　西ではあごと呼ぶ宙をとぶ魚の群れに遭ひたり

ウィンザー城もテイムズの日暮れも忘れ難し　女王国葬に思ひ出重ねて

あの旅は夫と一緒だつた　ウィンザー城で出口がわからず迷子になつた

鬚ながき衛士が小銃で指しながら〈出口《デグチ》〉と出口を教へてくれぬ

門ごとに一匹づつゐて猫会議始まるらしき月の夜の路地

ひとを待つ時間にありしときめきを待つ何もなき今に思へり

令和四年待つも待たるるも過ぎゆけり「おういい雲よ　どこまでゆくんだ」

（『雲』　山村　暮鳥）

むらさき匂ふ

花群を風わたるとき心さやぐ　むらさき匂ふかたかごの原

鈴のやうにかすかに鳴りゐるむかたかごは土に触《さや》らぬ高さに咲《ひら》く

かたかごの咲けば三月　膝つきて花びら抱くやうに撮りゐる男

残雪の斜面《なだり》に摘みしかたかごのおひたしうまかりき敗戦の冬

たはやすく折るるかたかご　一本に花一つづつ咲けば満開

夫とふたりの家建てむとしてはじまりに井戸を掘りたり　昭和二十九年

建築のはじまりは「水」まづ井戸を掘りてその水神に供へぬ

ふたりの家はじめて建てる歓びが古きアルバムに溢れてをりぬ

紋白蝶虫籠いつぱい捕りし子と蝶の墓造りぬ一年生の夏

万葉集に詠まれたるゆゑ菫、馬酔木《あしび》、堅香子《かたかご》、むらさきぐさなど庭に育てぬ

七十年住まひし家を今日壊すなり重機のひびき身に刺さりくる

つかの間に過ぎしと思ふに七十年の時間がわれを通りてゐたり

思ひ出の詰まりし家を壊すなりふたりの歴史を消す音と聞く

残すほどの何もなければど家あとの更地明るく雲の影移る

さりげなく遺影とする写真探しをりマスクに馴れてカメラに向かず

乙女椿

病む人と通ひし施設の前を過ぐ　去年より早く梅散りてをり

夫の手をひきて歩みし鋪道《いしみち》を十年《ととせ》経て手をひくは息子に

「身に代へて」と祖《おや》が願ひし百度石「俺にはできない」と息子は言へり

ひかりはね降るんぢやないよ　零れるんだよ　幼は言へりポプラの下で

〈ねばならぬ〉殻を脱ぎ捨て空を見るわれにまだ子も子の子もありて

明日の予定何もなくて明日が来る　老いておそろしと思へるひとつ

眠つたらこの世の時間が失くなると惜しみつつすぐに眠つてしまふ

「さくらさくら」咲いて歌へば思ふかな　日本音階5音の広がり

逢ふたびに「笑顔がいいよ」と励ましてくれし友なり久しく会はず

地震　洪水　山火事　日照り　リビングにテレビは世界の被害を映す

いのちありて九十五歳　別れがたき別れにひと日ひと日近づく

移せぬと諦めし椿に丈《たけ》二尺　蘖《ひこばえ》伸びて一輪咲けり

亡夫《つま》の愛《め》でし乙女椿の蘖を移し終へたり　息子とその子

「うちの雛が一番いい」亡夫のこゑ聞きつつ少女ふたりと雛を納めぬ

撥一本失ひしまま三十年古雛なればいよいよ愛《いと》しく

会はむ春　また会ふことのあらぬ春　思ひて雛の顔つつみゆく

われの昭和

雪国に雪降る朝明われを生みし十八歳の母を思へり

生まれきてこの世のはじめの贈りもの父母のつけたるわれの名　昭子

「昭和」の世何を祈り「昭」と名づけしか父母も昭和も遥けくなりぬ

幼きより〈昭和の昭です〉と名乗りきぬわれの昭和は未だ続きをり

昭和の「和」つけし弟も父母《ちちはは》も逝きて昭の名われに残りぬ

幼な顔残り幼な名呼びあひて小学校の還暦会はづむ

石屋菓子屋文具屋農家親の職を多く継ぎたり戦さののちを

双葉山羽黒山らの話題もて八十歳にてクラス会終へぬ

〈植物は裏切らないよ〉狭く生きし父の言葉の身にふかく沁《し》む

教へ子を慈しむ父の背を見つつ教師を選びぬ　遠き夕焼

一段づつ階段《きだ》おりるに似て老いは来む昨日越えし溝今日はつまづく

ひと撃つに足らねど湿る手花火をほぐしぬ　とほき日の焼夷弾のにほひ

あの夏の

ながらへて昭和九十五年なり空襲の記憶に昭和をひきずつてをり

店先のキウイに手榴弾思ひ出すわれの中にまだ残れる昭和

手榴弾の扱ひ習ひし少女の日　戦ふためならず自裁するため

空襲が今日かもしれぬと授業前に遺書を書きたり十六歳《じふろく》なりき

あの夏の限りなく降る焼夷弾　花火を見るごとく見惚れゐしわれ

年々のさくらとりわきて焼夷弾に焔噴きゐし校庭のさくら

豪雨のごとく地に降りそそぐ焼夷弾子弾十六万発と後に知りたり

二日二夜燃えゐし街の焼け跡は歩いても歩いても鍋に炒らるるごとし

炎天下の焼け跡整理　柱かと近寄れば焦げたる遺体なりし

「寄宿舎にも一発落ちたけど不発だつたの」話はいつもここから変る

遮蔽布をはづす母の手息つめて見てゐき七十四年前敗戦の夜

平和とは夜を明るく灯すことと心に刻みき　国敗れし夜に

同い年齢《どし》のわれは軍国少女なりき　アンネ・フランク十五歳にて死す

「与へることで貧しくなつた人はゐません」少女のままのアンネの声する

生者にも死者にも重くいまも戦後　戦前にする日の決してあるな

戦争の跡地にいまも亡きひとの遺骨を探す人々のある

十年後を思へば並木も街もわれも不安定に揺れてゐるなり

侵攻も戦さは戦さ逃げまどふ姿はかの夜《よ》の空襲のわれ

忘れたし　されど忘れてならぬこと　伝え継がねばならぬ八月

生まれ日

あふれるほどの菊を飾りぬ生きてあらば今日百歳の君の生まれ日

一面に小菊咲きをり塩辛蜻蛉《しほからとんぼ》は影を配つてゐるやうにとぶ

仏教の修行に花は「忍辱《にんにく》」をあらはすと教へし人も逝きたり

つなぐ手のどこにもなくて目の前の手摺りを掴む　少しさびしく

身にしみて老いたりと思ふいまそこに置いた葉書をもう探しをり

あの世より君は見てゐむ　蝕終へて大地に影を戻しゆく月

段ボールに還されて来し夫の遺品　リハビリの玩具　カップ　病中日記

自分のことが自分でできて歌が詠めてその上何が欲しいかと言はる

八人の孫の名時折呼び違へあやまりながら自分を叱る

生の終りに死が待つならず　生と死はひとつある時裏返るといふ

歓びを重ねて知覧に師の歌碑が建つなり　明るき未来展《ひら》けよ

秋天

デイケアのバス待つ列に並びつつ木犀が匂ふと口々に言ふ

秋風と言ふこゑやさしくてデイケアのバスに吹き入る木犀匂ふ

一回五分一日三回ストレッチと誰も認めないストレッチをする

古へよりあまたの歌びとに詠まれきて今宵われも詠む中秋の月

できるよりできないが多きわれになりそのできることを少し喜ぶ

コロナゆゑの外出不許可籠りゐてつまづき易きわれとなりたり

苦しみて作るより歌をやめたらどうか昨日と同じ問ひをされたり

花びらの模様美《は》しきは杜若《かきつばた》あやめあやめ科菖蒲さといも科

うとまれつつ夜ごと徘徊に出でゆきし母の姿にわれは似てゆく

徘徊を止めざりし母に似て来しと自らをおもひ自らをおそる

似るといふことの愛《かな》しく口惜《くちを》しくすべなく母に似通ひてゆく

認知症病みたる母に似てゆくゆゑ心して違ふ色物を着る

九十五歳にしてはといふ目盛りがいつもつきて許されてゐること多きかな

九十五歳生きて握りきし「われ」とは何　晴れて多摩丘陵稜線青し

納骨式にて

コロナゆゑ納骨できず三年《みとせ》過ぎ小春日和に僧侶迎へぬ

上川の小高き丘の墓前にて理趣経を誦《あ》ぐる声あたたかし

三十年建立者を待つ御影石やうやく君は此処に眠りぬ

墓碑の文字いつしか積もる苔と土　歯ブラシ使ひ洗ひ浄める

君が植ゑし金木犀よ　これよりは常葉と香《かをり》を君に捧げよ

百一歳迎へし翌日居を移す　ぽつかりとあく祭壇のあと

遠からずわれも眠るこの墓地で　わが納骨式も穏やかならむ

夜明けのひかり

目覚むればまだいのちのある側に在り　夜明けのひかりにつつまれてゆく

あとがき

『ひかりのごとき』は『花のとびら』『つき　みつる』に続く私の第三歌集になります。『つき　みつる』では、夫への〈老老介護〉の十三年の作品をまとめましたが、本作は、第一章と第二章に分かれ、第一章はその続編となります。

進行性の麻痺は、夫から動く機能を奪い、スプーンも握れなくなっていきます。そんな中にあっても、やはり夫は愚痴も不満も口にすることはありませんでした。止《と》める術のない病で笑うことも話すこともなくなっていくのは本当に辛いことでしたが、私にとって、家族にとって、生きていてくれる、そのことが救いであり支えでした。「もうすぐ桜が咲くね」「もうすぐ……」季節の便りや行事を目標に、ひとつ過ぎればまた次の、というように、いのちの灯火が続いていくことを祈る毎日でした。

コロナ禍で面会中止が続く中、家族と娘達一家が呼ばれ、最期のお別れに施設《ホーム》の個室に集いました。その翌日、二〇二〇年十月四日　午前十時五十三分、〈老衰〉にて夫は九十七年の生涯を静かに閉じました。

この前後からが第二章となります。

喪失感に加え、コロナで外出（取材）もままならない毎日のため、「歌」が書けない日々が続きました。そんな私を、欠詠しないようずっと励まし続けてくださった歌友の方々には、心から御礼申し上げます。

また、生活全般にわたり心を運び、忍び寄る老化の波をも受け止め支え続けてくれる家族にも、心から感謝しています。

最後になりましたが、『ひかりのごとき』刊行にお力添えくださいました角川文化振興財団『短歌』編集長の北田智広様、編集部の吉田光宏様、装幀の南一夫様に厚く御礼申し上げます。有難うございました。

この一月で九十六歳となりました。残された日々を、感謝を忘れず、大切に生きていきたいと思います。歌とともに。

二〇二五年二月吉日

志野暁子

著者略歴

志野暁子（しの　あきこ）

1929年　新潟県に生まれる。
1975年　作歌を始める。「人」短歌会に入会、岡野弘彦先生の
　　　　指導を受ける。
1981年　「花首」50首により第27回角川短歌賞受賞。
1995年　歌集『花のとびら』上梓。
1993年　「人」短歌会解散により季刊同人誌「晶」に参加。
　　　　現在に至る。
2012年　「しろがね歌会」に入会。
2018年　第二歌集『つき　みつる』上梓。
2019年　『つき　みつる』日本歌人クラブ東京ブロック
　　　　優良歌集賞受賞。

現住所　〒184-0003　東京都小金井市緑町5-11-2　本名　藤田昭子

歌集　ひかりのごとき

初版発行　2025年2月17日

著　者　志野暁子
発行者　石川一郎
発　行　公益財団法人 角川文化振興財団
〒359-0023 埼玉県所沢市東所沢和田3-31-3
ところざわサクラタウン 角川武蔵野ミュージアム
電話 050-1742-0634
https://www.kadokawa-zaidan.or.jp/
発　売　株式会社 KADOKAWA
〒102-8177 東京都千代田区富士見2-13-3
電話 0570-002-301（ナビダイヤル）
https://www.kadokawa.co.jp/
印刷製本　中央精版印刷株式会社
 ISBN978-4-04-884639-4 C0092